KB259822

봄은 내게
겨울 외투를
권했다

봄은 내게 겨울 외투를 권했다
강희용 시집

초판 인쇄 ㅣ 2013년 11월 28일
초판 발행 ㅣ 2013년 12월 02일

지은이 ㅣ 강희용
펴낸이 ㅣ 신현운
펴낸곳 ㅣ 연인M&B
기   획 ㅣ 여인화
디자인 ㅣ 이희정
마케팅 ㅣ 박한동
등   록 ㅣ 2000년 3월 7일 제2-3037호
주   소 ㅣ 143-874 서울특별시 광진구 자양로 56(자양동 680-25) 2층
전   화 ㅣ 82-02-455-3987   팩스 ㅣ 82-02-3437-5975
홈주소 ㅣ www.yeoninmb.co.kr
이메일 ㅣ yeonin7@hanmail.net

값 10,000원

ⓒ 강희용 2013 Printed in Korea

ISBN 978-89-6253-145-9 03810

이 책은 **연인M&B**가 저작권자와의 계약에 따라 발행한 것이므로 본사의 허락 없이는
어떠한 형태나 수단으로도 이 책의 내용을 이용하지 못합니다.
저자와의 협약에 의하여 인지를 생략합니다. 잘못된 책은 바꾸어 드립니다.

봄은 내게
겨울 외투를
권했다

강희용 시집

연인M&B

봄
여름
가을
겨울
그리고 다시

봄

여의도 시절부터 지금까지 끄적이던 시를 모아 보았습니다.
써 놓고 보니 유난히도 계절 이야기가 많네요.
계절이 던져 둔 화두를 푸는 심정으로
사계의 변화를 더듬거렸던
오감의 기록들이기도 합니다.
아직은 부끄러운 시를 내놓으며
저는 다만
사람과 진심을 벼리는 시대의
감성 복원을 기원할 뿐입니다.

말 그대로…….
여러 가지로 많이 고맙습니다.

_겨울 앞둔 가을이자 여름 지난 가을 어느 날
강희용

벌써 10년이 흘렀군요. 국회에서 그와 함께한 시간들, 그리고 국회의원과 서울시의원으로서 함께한 시간들을 모두 합치면 바로 이 시집이 아닐까 싶습니다. 질곡과도 같은 정치판에서 감성과 진심을 곧추세우기란 여간 어려운 일이 아닌데 그는 해낸 것 같습니다. 사람에 대한 애정과 관심이 바로 정치와 문학의 근간이라면 그는 이 시집에서 정치인으로서 뿐만 아니라 시인으로서도 부끄럽지 않은 곳까지 다다랐음을 확인할 수 있었습니다. 평소 탄탄한 논리와 글솜씨에 늘 탄복하곤 했는데, 이토록 섬세한 감성과 열성을 가슴에 담고 있었다니 새삼 놀라울 따름입니다. 제 정치 역정의 창업 동지이자 동반자인 강희용 시인의 시집 출간을 각별한 기쁨과 감회로 축하드리며 독자 여러분께 소개드립니다.

_전병헌(민주당 원내대표)

| 추천사 |

'시'를 읽고 사는 삶과 읽지 않는 삶,

'시'를 쓰지 않고 사는 삶과 '시'를 짓는 삶,

'시'를 품은 가슴과 잃은 가슴은

같은 듯해도 다른 세계일 것입니다.

바빠서, 아파서 잃어버린 시.

그 시를 품은 사람에게 기대어

잠시 바쁘지도 아프지도 않은 시간을 살아 봅니다.

그의 시에는 '사람'이 있고 '진심'이 있습니다.

'시인'에게 감사합니다.

_박원순(서울특별시장)

강희용 시인의 시는 원정미정願正未正의 세계를 향해 간다. 정正의 세상을 원하였지만 정正에 이르지 못한 채 그래도 멈출 수 없어서 그 길을 향해 간다. 부재不在하는 님, 곁에 없는 그대를 그리워하며 그리움으로 인한 아픔을 안고 간다. 망설임, 미련, 주저, 두려움 속에서 다시 마음의 여유를 찾기 위해 흘러오는 시간, 지나가는 계절과 멀리 있는 그대를 바라본다. 때론 '오늘 밤 청춘의 끝 날이 칼끝에 놓인 양/위태롭게 서 있'는 벼랑 앞에서 한 발을 내딛을 때도 있고, 사라지고 없는 그대를 향한 그리움에 온몸을 바장일 때도 있다. 그런 날 시인은 '당신을 닮은 바람 한 자락에 놀라고' '당신을 닮은 눈빛 한 소절에 귀 기울' 인다. 그 놀라움과 귀 기울임의 시 꽃잎처럼 가득하다.

_도종환(시인 · 국회의원)

'봄은 내게 겨울 외투를 권했다' 라는 시집 제목부터가 눈길을 사로잡는다. 시인에게 정녕 봄은 오지 않는 것일까? 강희용 시인은 구체적 현실에 발을 딛고, 시적 상상력을 통해 조요한 내면의 세계를 길어 올리며, 포근한 감성의 세계를 지향한다. 상처와 아픔, 슬픔과 괴로움에 대한 울컥거림을 감추며 투박한 손으로 희망을 길어 올리는 일에 관해 독자들과 소통하고자 한다. 투박하지만 따스한 시인의 순수함이 전해져 오는 언어의 손길이다. 이 세상을 과묵하게 바라보는 현실 정치인이자 시인인 강희용은 사람과 살이에 대한 진지한 시선과 진솔한 목소리로 우리에게 말을 건넨다. 그의 이러한 노력이 아름다운 결실로 얻어지기를 기대한다.

_전상국(소설가 · 김유정문학촌장)

제2부 태백산맥

제1부

봄날의 오후

봄날의 오후/춘삼월에 눈발이라/나만의 봄/겨울 권하는 봄/중문/그해 여름은 가을이 오기 전에 떠났다/여름의 끝/겨울이 뭐 대수냐/겨울 왔는가/첫눈/겨울나기/눈꽃/눈의 소회/겨울 한강/그 겨울의 기다림/겨울 그곳, 춘천

봄날의 오후

돌아보면 추웠던 겨울
봄날의 오후는
오늘을 기다렸나

덕수궁 너머
성당의 종소리는
세월을 거슬러
늘 그 자리 그 울림

밤새 웅얼대던
지친 바람도
봄날의 오후에는
지그시 숨을 쉬는지

뜨락 내려앉은
햇살만큼이나 포근한
어느 봄날의 오후

나만의 봄

나만의 봄
그런 날이 올까
겨우내 뒤척였던
단칸 방 청춘에게도
겨우내 움츠렸던
출퇴근길 어깨에도

나만의 봄
그런 날이 올까

무색한 표정으로 고하던
그 겨울 헤어짐에도
참 바보처럼 살았다 싶은
허전한 깨달음에도

나만의 봄
그대만의 봄
그런 날이 올까
그런 날이 올까

덕수궁 길 따라
눈 감아야 걸을 수 있는
그 길 따라

그 봄날 마주했던
햇살이 바람이 웃음이
더딘 걸음으로
내 손을 잡는다
뒤척이며 내 옆에 눕는다

춘삼월에 눈발이라

요즘 날씨 우습게보지 마라
춘삼월에 눈발 날리는
대관령 노기를 알렸다

마찬가지 사람 우습게 여기지 마라
권력을 쥐었다고 세상 사람들
발밑에 둔 거라 착각 마라

돈 좀 만진다고
세상을 가랑이 밑에 깔고
날아다닐 수 있다 으스대지 마라

오월이 그냥 오월이더냐
유월이 맥없이 유월이더냐
사월이 괘히 잔인하더냐

세상 우습게보지 마라
거듭 말하지만
사람 우습게보지 마라

겨울 권하는 봄

어느 봄날
가던 걸음을 멈추고
한참을 서 있었다

봄볕은 찬란했으나
그만큼 시렸으며
또 그만큼 서러웠다

벚꽃이 산발하던 그 봄날
다시 걸음을 내딛는 내게
봄은 겨울 외투를 권했다

봄은 그렇게 사라졌고
퇴물이 된 늙은 겨울만
망령처럼 떠돌기 시작했다

중문

제주 끝마을
중문 앞바다
겨울은 바람으로만
자기 흔적을 내세울 뿐
여기저기 흐드러진
야생 유채화에
봄의 그날은
이미
다다랐더라

그해 여름은 가을이 오기 전에 떠났다

가을 구름이 걸려 있는
처마 밑 툇마루에 걸터앉아
여름의 흔적들을 애써 지운다

여름은
바람이 일러 주는 대로 흘러간 구름처럼
가을이 오기도 전에 떠나 버렸다

뒤뜰 나뭇가지는
여름 내내 앓던 병들이 나아가는지
서걱거리며 몸 비비는 소리를 내고

가을이 깊어질수록 한숨도 깊어질 그대 뒷모습에
소주 한 잔 올리지 못한 아쉬움이 눈물처럼 아른거린다

이제는 쉰 땀 흘리지 않아도
하루가 잘만 가는 계절인데

가을 오후 들판에 내리던 가랑비는
자꾸 강가로 기웃거려
여름내 말없이 흐르던 강물은
이별 따위의 아픔으로 차오르나 보다

여름의 끝

닫힌 창밖의 빗소리
긴 한숨에
힘겹게 엉겨 붙는다

수명 다한 인연들이
빗물에 쓸려나간 빈자리

이름 모를 낯선 공허가
여름의 끝에 늘어서 있다

겨울 왔는가

가끔, 묻는다
답이 없을 줄 알지만
나 또한 너를
타박하지 않을 것이기에
그저 묻는다

사랑했는가
사랑하는가

오늘같이 때 이른 겨울이
가슴앓이처럼
내 속으로 비집고 들어올 때

나는 묻는다
느닷없이 찾아온 이 겨울을
한 치도 나무랄 생각이 없기에
그저 묻는다

겨울 왔는가
가을 그새 갔는가

겨울이 뭐 대수냐

여름 나절 그을린
때 절은 슬리퍼
비루한 알몸 드러낸 발가락
겨울을 알아차렸나
발가락 사이가 쩍쩍
겨울이 뭐 대수냐
운동화 푹 꾸겨 신으면 그만이지

옷장마다 꺼내 보지도 못한
가을 옷이 풍년인데
두서없이 겨울 서랍 꺼내 놓고
이 옷 저 옷 흥정하듯 기웃기웃
겨울이 뭐 대수냐

내 안의 나처럼
껴입고 또 껴입으면 그만이지

겨울이 뭐 대수냐
겨울이 뭐 대수냐

겨울에 만난 그 사람이 자꾸 떠올라도
겨울에 태어난 그 사람이 자꾸자꾸 떠올라도
아무 대답 없을 그 사람이 자꾸만 떠올라도

첫눈

이러다 덜컥
첫눈 내리겠지

비바람 치던 그 가을 끝 무렵
제 몸뚱이 하나 추스르지 못하던
낙엽 따위는 잊으라고

너의 청춘이 나의 그날이었던
이 가을 끝
시간은 낙엽을 짓이긴 비바람처럼 잔인하고
기억은 말라비틀어져 버린 초록만큼이나 아련하다

마지막 숨을 몰아쉬며
낙엽이 바스러진 자리
그 '끝남' 을 받아들이지 못해
마침표를 찍지 못하는 속상한 미련

새벽처럼 어김없이 찾아와
덜컹덜컹 문 두드리는 첫눈 소리에
겨우겨우 내 초록빛 청춘의 그날을 내려놓을지

겨울나기

그대, 이 겨울 어찌 보내실려고
사각사각 눈 밟는 소리마다
떨리는 가슴 어찌실려고

산 깊은 곳 웅웅대는 바람처럼
바람결에 휘청대는 눈발처럼
어지럽게 눈 쌓인 그 길 걸어 나갔는지

웅크린 겨울 밤 다 지새도
그대 대신 돌아온 새벽은 시신처럼 싸늘한데

그대 떠나 온기 잃은 빈자리엔 밤새 눈 쌓이고
식어 가는 내 가슴엔 허옇게 서리가 내려앉습니다

이 겨울 어찌실려고
이 겨울 어찌하라고

눈꽃

눈이 내리면 꽃이 핀다
견딜 만하다 무거우면
꽃이 지듯 눈꽃도 진다

바람 분다고 피는 꽃이 아니거늘
바람 인다고 지는 꽃도 아니어라

눈꽃은 그대로 생명이고
그대로 추억이며
그대로 아픔이다

눈의 소회

밟으면 뽀드득 손에 쥐면 사르르
내가 세상과 소통하는 방식
그 머나먼 이녁의 공간에서
내가 오길 기다렸다는
땅의 부끄러운 고백

세상의 무심한 빗질에
환영받지 못할 운명을 직감했지만
땅 위 생활은 먼지와 뒤엉켜
짧은 생을 마감하고
겨울바람은 굼뜬 나를 두고 가 버렸던가

운 좋게 나뭇가지에 올라앉아
잔가지 속살 드러내듯 하얗게 웃음 지어도
짓궂은 아이들 흔들어 대는 통에
다시 땅에게로 가야 하는데

그 천년 된 땅의 부끄러움 마주할
용기도 기회도 없이
난 사르르 뽀드득 소리 내며
땅속으로 사라진다

그 겨울의 기다림

문을 바라보고
문이 열리고
문이 닫히고
또 문을 바라보고

문이 열릴 때마다
바람이 얼굴 내밀고
햇살이 발을 내딛고
겨울이 앙큼을 떨고

문이 닫힐 때마다
커피는 식어 가고
담배는 타들어 가고
시계는 보기 싫고

바라볼수록 기다릴수록
오지 않는 사람

다시 문이 열리고
버릇처럼 문이 닫히고
꾸벅꾸벅 졸음 오고
허리는 쑤셔 오고

참 서툴다 우리
기다림도 그 사람도

해는 지고
밖은 어두워지고

그 겨울 그 찻집
누구도 기다리지 않는
뻐근한 기다림

겨울 그곳, 춘천

그래
이게 춘천의 겨울이지
낯선 도시에서 온 이방인도
어질하여 걸음 멈추는
겨울 풍광—

어릴 적 설익은 감성에
바위처럼 들어앉은 그곳
겨울 춘천—

깊게 흐르는 강은
쉽게 굽이지지 않지만
누구에게도 묻지 않고
스스로 길을 내어 달리지만

그 겨울 내내 내리던 눈을
알몸으로 받아 내어
누구라도 걸어가면
쪼르륵 길을 내어주는

가난한 겨울 어부의
살점 도려내는 낚시질에도
아무런 꾸지람 없이
기꺼이 자신을 내어주는

겨울 그곳, 춘천

겨울 한강

굽이치는가
굽이쳐 흐르는가

때론 얼음을 쩡쩡 깨며
쉼 없이 내달려 왔거늘

차마 못다 한 말
새벽 물안개 헤치며 스쳐 왔거늘

몸뚱이는 삭풍에 뒤척이고
하늘의 눈발조차 묵묵히 녹여내며 왔는데

깊게 흐를수록 숨은 고라지고
오래 흐를수록 맘은 가라앉고

이제는 건널 수 없는 강,
한강 그 깊은 겨울은 봄을 향해

오늘도
굽이치는가
굽이쳐 흐르는가

제2부

태백산맥

태백산맥/구례 가는 길/서른 숲을 지나/춘천, 그곳/시간의 침잠/바람이 분다/지랄 같은 하루/산행/위태로운 기억들/청춘의 끝 날/엘리베이터, 그 남자/심장이 식었다/나도 노을이 되고 싶다/윤중로 1/윤중로 2/윤중로 3

태백산맥

태백산맥
그 질기고 높은 음정에
엇박자 같은 징소리

달래고 달래
산맥을 넘어서도
또다시 달려와 매달리는
질기고 질긴
인연의 탯줄

태백산맥
숨을 크게 들이쉬어야
마침내
눈 마주할 수 있는
거대한 숙명

구례 가는 길

오늘따라
지리산 자락 사이로 낮게 물들어 가던
석류빛 석양이 그리워

구례로 가는 길

섬진강 그 하늘에 배인 구름은
어디에 머물러 있는지

지금쯤이면
그리움에 발갛게 물들어
어느 나그네의 마음을 흔들런지

강을 지켜 서 있는
철새인지 알지 못할
새들의 노고가 새삼 새롭고

전야前夜의 정적은 깊어만 가는데
한 뼘도 움직이기 싫은 몸뚱이는
강물에 마음을 담근다

서른 숲을 지나

그 거칠던 스물 숲을 지나
서른 숲에 다다랐을 때

서른 숲 속의 세상은 밤마다
자기 갈 길을 놓고 부산을 떨었다

서른 숲 속에선
내가 걷는 걸음이 곧 길이 되었고
내가 걷는 한 세상도 굴러갔다

서른 숲을 지나
마흔 숲 앞에 다다랐을 때

함께 걸어왔던 그는 바삐 자기 길을 떠났고
난 망연한 심정으로 마흔 숲 앞에서
이렇게 서성이고만 있다

춘천, 그곳

내 몸을 부숴 버릴 것 같았던 여름 햇살이
기력 잃은 듯 북한강 강가에서 물수제비를 날리고

강촌 내려다보는 덩치 큰 삼악산은
밤새 막걸리에 취하고 눈물 젖은 청춘의 아쉬움들

그곳은 시간도 길을 잃는 곳,
행여 뒤돌아보면 돌처럼 굳어 버릴까
눈물 훔치며 앞으로 내달렸던 곳

그곳은 바람도 길을 잃는 곳,
어디로 가야 할지 모를 때
문득 다다라 있는 곳

그곳은 기억도 길을 잃는 곳,
쑥 내민 손에 월척처럼 퍼덕이는 기억들이
너무도 징하게 살아 있는 곳

오늘 문득 길을 잃어 가고 싶은 그곳

시간의 침잠

강물이 흐르면 바다로 간다 하는데
시간은 흐르면 어디로 가는가

세간의 잡동사니들이 자신의 무게를 못 이겨
강바닥에 가라앉듯이

시간도 검붉은 세월의 무게를 감당 못해
내안의 세포에 노폐물처럼 켜켜이 쌓이는 것은 아닌지

보이지 않는다고
시간이 흩어져 없어지진 않는 것

강물은 스치듯 흘러가고
시간은 가라앉듯 흘러가고

흘러가고 흘러가고

나도 흘러가고
세월도 흘러가고

바람이 분다

바람이 분다
다시 분다
어저께쯤
내 어깨를 스쳐 지났던
그 바람인가 보다
다시 바람이 분다
오늘은 내 가슴에 머물다
지나간다

지랄 같은 하루

술 한 잔을 권한다

노란 맥주잔에 하얀 소주잔이
지랄 같은 하루를 권한다

나는 술을 마시지 않고
다만 잔을 마실 뿐이라며

술 한 잔은 두 잔이 되고
침 튀는 입심도 벌겋게 익어 간다

담배 한 대를 권한다

니코틴은 타르의 십분의 일
오늘 내가 일한 시간은 빈둥거린 시간의 십분의 일

지랄 같은 하루 연기처럼 잊고 싶어
허망한 담배 한 대 빼내 입에 문다

어디 지랄 같은 게 오늘 하루뿐이랴

위태로운 기억들

'숨 막혀
위태로운 기억들
가증스런 위선들'

녀석의 하루는
더듬이처럼 시계 바늘 사이를
헤매었다

이곳이 뉴욕이든, 동경이든, 아니면 파리든
분침은 똑같은 방향을 가리키고 있었다

공간을 초월한 시간의 공통점은
분침에 발라져 있었다

그에 있어 기어은 항상 위대롭다
시간이 흐름에 따라
기억의 줄기는 가늘어졌다가 풀어졌다가
다시 이어지곤 했다

기억이 매듭지어져 더 이상 갈 수 없는
기억의 끝에서

그는 그렇게 서성이듯
머물러 있었다

긴 오후
길게 늘어진 분침은
그렇게 목말라했다

청춘의 끝 날

갈 길이 멀다
에서 주저앉을 순 없지
사람을 엮고 꿈을 엮어
굽이굽이 갈 길이 있다면
쉬엄쉬엄해서라도 넘어가야지
가다 넘어지더라도 가야겠지

해가 지고 바람 불어도
오늘 밤이 청춘의 끝 날이 아닌 바에야
술 한 잔 걸치고 담배 한 대 피워 물면
세상 걱정 세상 시름
바람 따라 청춘 따라 사라질 것을
너도 알고 나도 알겠지

주저앉고 싶을 때,
미치도록 보고 싶을 때,
죽도록 그대가 사무칠 때,
그러고도 내가 어쩌지 못할 때,
모든 것은 그렇게 때가 있고
이 역시 바람 따라 청춘 따라 사라질 것을
우린 이미 알고 있겠지

사람아

다시, 사람아

우린 이미 알고 있었는지

갈 길이 멀기에 주저하는 것과

갈 길이 멀기에 가야 하는 것을

오늘 밤 청춘의 끝 날이 칼끝에 놓인 양

위태롭게 서 있구나

산행

산도 바다처럼 출렁인다
산은 겹겹이 둘러싼
내 속의 나를
허연 숨을 가파르게 토해낼 때마다
만나게 한다

바다의 거친 파도가 일렁이며
내 안의 나를 대면시켜 주듯

엘리베이터, 그 남자

자정 즈음 퇴근길
비 오는 장단에 누군가
술에 취해
아파트 엘리베이터를 탔나 보다
코끝을 푹 찌르고 달겨드는
술 냄새가 잠시 곤혹스럽다
얼굴도 이름도 모르는
같은 아파트 이웃 남정네의
삶의 무게가
빠르게 치솟는
엘리베이터 층수만큼이나
성큼성큼
내게 다가왔다
아이의 아빠로서
집안의 가장으로서
한 여자의 남편으로서
그가 오늘 감당했어야 할
삶의 고단함이
찡한 코끝 감동으로
머물다 간다
엘리베이터 문은 열리고
그 안에 나를 두고 내린다

심장이 식었다

내 심장이 식어 버린 두부처럼 푸석거린다
잘잘하던 윤기도 없어졌다
더 이상 시큰거리던 땀 냄새도 나지 않는다

그러고 보니 열정을 놓아 버린 지 오래되었다
돌아보니 갈 곳을 정해 놓고 달려 본 지도 오래되었다
그저 바람 따라 눈앞에 놓인 길을 걷기 바빴다

퍼득거리던 심장이 이젠 기억도 나지 않는다
두근거리던 심장은 이제 화석처럼 굳어졌다

그런데……

절망스럽게도 난 기분이 나쁘지 않다

나도 노을이 되고 싶다

노을이 붉은 마음 그대로 드러내 놓고
짙게 푸르러진 구름은 그 위를 무심코 노닐고
바람은 내 귓가에서 너를 부르고

하늘이 그리 아름다울 수 있다는 것을
살면서 몰랐던 것은 아니었지만

오늘 같은 노을이라면
나도 붉게 물들어
저 산 아래로 지고 싶다

윤중로 1

미루어 짐작컨대
윤중로에 벚꽃이 한창일 때

지난봄이
다리를 절며
그 길을 걸어갈 것 같다

붙잡지도 붙잡을 수도
그렇게 맴돌며
서성이는 채

봄날은 갈 것이다

윤중로 2

발걸음이 바빠진다
이걸 언제 다 둘러보냐
해는 중천에 걸리고

햇살은 찬란하다만
내 맘은 볕 그늘 찾아
벚나무 그늘 구석에 털썩 주저앉는다

애당초
봄날은 가기로 되어 있었다
붙잡아도 안 잡아도

처음부터
뙤약볕 여름의 고통은
서늘하게 기다리고 있었다

봄이 간들
어디 슬퍼도 말하지 못할
추락하는 꽃잎처럼

나는

벚나무 그늘 구석에 털썩 주저앉는다

윤중로 3

눈물

바람

구름

비……

이 모든 것이 물로 만들어지고 물로 사라지듯

물로 빚은 그 긴 기다림도

그 아릿한 그리움도

이 빗물에 살아났다 사라지던가

윤중로 벚꽃이 피고 지고

그해 봄날은 다시

봄볕으로 때론 봄비로 피고 지고

우리 만남도 벚꽃인 양

다시 필 때를 기억하고

지금 질 때를 아파하지 말자

그대 머물던 이곳 윤중로에

바람 한 자락 꽃 한 잎이

아무것도 걸치지 않은

그대인 양 머문다

제3부

가슴앓이

부디/가슴앓이/그대처럼/밤마다/타인처럼 말하기/바람이 차기 때문에/술 한 잔 했수다/오늘 잘 보내셨나요?/냄새, 그 익숙함/버스 정거장/못다 한 사랑/엇갈림/사소한 것/벚꽃이 떨어진다고 바람을 탓하랴/자유/바보처럼/바람과 길

부디

어떻게 건너가야 합니까?
물에 빠지지 않고
그대에게 건너갈 수 있는 길을
알려 주세요

아니, 차라리
나 하나쯤은
물에 빠져도 좋으니
부디 건너오라고만
손짓이라도 해 주세요

부디

가슴앓이

혼자
그렇게
지우면 그만인
낙서 같은
사랑을 하고

혼자
그렇게
지우지도 못하는
미련한
가슴앓이를 한다

그대처럼

눈이 올 거라면 그대처럼 느리지 않게
바람아 불거라면 그대처럼 차갑지 않게

행여 그대 애써 닮으려
더디 오거나 차갑게 돌아설 거면
차라리 오지 마라 차라리 불지 마라

눈 내리던 어젯밤 내내
서걱서걱 소리 내며 쌓이던 그리움은
미련 남아 떨구지 못한 겨울 낙엽의 뒤척임
차마 먼저 손 놓지 못하는 우울한 랩소디

그대처럼 그대라면
바람이라도 눈이라도
겨울이 훌쩍 지난 먼먼 계절에 오시게

밤마다

밤마다 나를 찾아오는
낯선 도시들

밤마다 나를 찾아오는
낯선 여인들

밤마다 나를 찾아오는
낯선 사람들

밤마다 나를 찾아오는
그 모든 낯선 것들

밤마다 낯선 나를 찾아오는
낯선 너

타인처럼 말하기

나를 해석하지 마라
나를 인용하지도 마라

그리고
나를 원망하지도
그리워하지도 마라

난 너의 번잡한 해석과 계산에
이미
질릴 때로 질려 있다
지칠 때로 지쳐 있다

너의 상투적인 질투는
거추장스러운 껍데기에 불과하다

타인처럼 말하는 나에게
타인처럼 보이고
타인처럼 말하라

바람이 차기 때문에

바람이 차다
잘 지내는지……
오늘도 부치지 않을 편지를
만지작거린다

실망하고 주저앉고
기대하고 무너지고
숱한 반복들
얼마나 힘들었을지

바람이 찰 때마다
그리움으로 가득 찬다

바람이 불 때마다
내 헛헛한 심장엔
나도 어쩌지 못하는 바람이 분다

그저
바람이 차기 때문에
그대가 한없이 떠오른다

술 한 잔 했수다

세상이 하도 지랄 같아
내 마음도 지랄 같은지

오늘은 봄볕을 벗 삼아
멀리했던 술 한 잔 했수다

술 한 잔이 바람처럼 뱃속을 가르고
머릿속은 앙상한 추억들이
스멀스멀 기어 다니고

술 두 잔이 강물처럼 바다를 향해 달리고
바다는 그깟 술 두 잔에 취해
넘실넘실 인간의 운명을 넘보고

술에 취한 나는
바람과 바다의 오만과 장난에
더욱 혼미한 밤을 맞을 뿐

그저 뭐 안타까운 것도 아쉬운 것도 없이
봄볕이 좋아서 한 잔 마셨을 뿐
사실 다른 이유는 없수다

그저 이 허허로운 시절 술 한 잔 했수다

오늘 잘 보내셨나요?

오늘같이 봄볕이 따스한 날은
꽃잎이 아스팔트에 떨어진들
하나도 슬프지 않습니다

봄바람에 흔들리는 꽃잎 따위는
이제 기억에서 지워 나가고

봄날의 절정을 향한 그들만의 향연은
이토록 절절이 핏빛 아름다움을 토해 내고 있습니다

오늘같이 봄볕이 따스한 날
길을 걷다 당신을 닮은 바람 한 자락에 놀라고
말을 걷다 당신을 닮은 눈빛 한 소절에 귀 기울입니다

어느 봄볕 따스한 날
봄을 입에 물고 길거리를 서성이던 당신……

오늘 잘 보내셨나요?

냄새, 그 익숙함

맡을수록 사라지는 것이 냄새
바라볼수록 볼 수 없는 것이 마음
사랑할수록 헤어지는 것이 연인
살아갈수록 죽어 가는 것이 인생

다시,
맡을수록 익숙해지는 것이 냄새

익숙하다고 사라진 것은 아니라는
헤어졌다고 잊은 것은 아니라는

버스 정거장

하루에도 몇 번씩 헷갈리며
겨우겨우 서 있는데

수많은 노선 속에서
어디로 가야 할지
갈랑말랑하는데

이젠 힘든가 봐
내가 많이 지쳤나 봐
.

.

.

다음 버스,

무조건 탄다

못다 한 사랑

봄, 여름, 가을, 겨울
겨울,봄,여름,가……

못다 한 사랑
못다 부른 이름
못다 그린 얼굴

가을이 깊어지면
그 사람 이름이

천일홍 방울방울마다
수천 개 자갈자갈마다
수만 개 이파리파리마다
파랗게 붉게
그리고
아프고 시리게 열린다

엇갈림

어쩌면 우리들의 엇갈림은
네이버의 블로그와
싸이의 미니홈피 같은 것일 수도 있어

표현하는 방식도 다르고
폰트도 다르고
구매 방식도 다르고
에디터도 다르고
사진 올리는 방식도 다르고
.
.
.

요 며칠
참 울컥하더라

사소한 것

사소하지만 무거운 것
무겁지만 사소한 것
아무렇지 않지만 아픈 것
아프지만 아무렇지 않은 것
사소하지만 아픈 것
아프지만 사소한 것
병렬과 직렬, 씨줄과 날줄
겹겹이 혼돈

한 걸음 뒤에서 보면

그저
사소한 것일 뿐

벚꽃이 떨어진다고 바람을 탓하랴

헤어짐이
사랑의 끝은 아니다

헤어진 후 혼자서 감당해야 하는
그 질긴 아픔까지도 사랑이다

벚꽃이 떨어진다 하여
바람을 탓할 순 없다

눈물을 흘린다고
그리움을 탓할 순 없다

어차피
처음부터 감당하기로 되었던 것을,
끝났다고 한숨짓지 마라

아직 사랑은 끝나지 않았다

자유

이렇게
바쁜 일이
폭풍처럼
지나가면

적막에
내가 물들어
나는 없어진다

부재의 긴 터널
누구도 가 본 적 없는

자유에
내가 물든다

바보처럼

나 같은 바보가 또 있을까?

세상이 온통 자기 것인 양
세상이 모두 내 발 아래인 양

난 바보가 되어
남들의 바보가 되어
너의 바보가 되어
나 스스로 바보가 되어

세상 꼭대기에 서 있었지

그곳
바보들만 올라가 있는 곳
바보가 되어야 밟을 수 있는 땅

높은 그곳
깊은 착각

난 바보였던 걸

바람과 길

바람결에도 그늘이 있습니다
가을이라고 무턱대고 불어대는 바람은 아닙니다
그대 가슴속에 부는 바람
그대 울음 속에 머문 바람
그대 다 안고 가기 버겁거든
그저 바람결 그늘에 내려 두고
잠시 쉬어 가도 좋을 것 같습니다
길은 처음이 어렵지요
머리 궁리로는 가기도 어렵지요
허나 용기 내어 발걸음 떼기 시작하면
길은 내 두 발과 대화를 하고
웃기도 하고 정겹게 툭툭 치기도 한답니다
어느새 친구가 된 거지요
그렇게 바람 따라 길을 따라
한참을 가다 보면
내가 다다라야 할 그 어떤 곳이 아니라
내가 잊어야 할 그 어떤 사람이 잊혀집니다

느리게 오는 비

느리게 비가 온다
서두를 것 없다고 한다
하긴 서두를 일도 없다

이미 해는 기울었고
먹구름은 한 발짝 뒤로 물러서 있다

이따금 오늘처럼 뜬금없이 비가 오면
애써 잊어 왔던 그리움이 왈칵 밀려온다

비, 오는가

이렇게
내리는 것이 온통 비라면
하늘도 없어지고
땅도 사라지고

때론 강물도 본래 있던 것인지
새로 불어난 것인지
너나 나나 알지도 모르지도 못하면서

비가 오는지
비가 내리는지
너나 나나 알지도 모르지도 못하면서

이렇게
빗소리에 취해
음악에 취해
술 한 잔에 취해

묻는다

너나 나나 알지도 모르지도 못하는
낭창한 질문을

비, 진정 오는가?

가을 하늘

가을 하늘같이
하늘하늘
그대 옷깃이 날려요
소녀 같은 머리가 날려요

밤이 깊어 갈수록
가을이 깊어 갈수록
노오란 단풍잎 사이로
후—
—두둑
참았던 눈물이 날려요

그대 옷깃에
그대 머릿결에
행여 내 눈물 닿을까 봐

눈을 들어
파란 가을 하늘
애써 쳐다보아요

가을 휘파람을 불어요

가을이 온데요

지난여름
흰 국화 물결이 저리 눈물에 젖어
언제 마를지도 모르는데

철없는 코스모스는 낭창낭창
바람대로 흔들리고
덩달아 저녁이면
주황색 등 켜진 뜨락마다
서늘함이 기웃거리고

이제는 마른 풀잎처럼 비틀어져 버린
오래된 추억도
가을날 아침 이슬에 초록빛으로 영글고
저녁 부는 바람에 들떠 옷을 추스르고

우리
가을이 오면
잘 익은 가을 한 입 베어 물고
잔디밭에 길게 누워

휘파람이라도 부를까 봐요

아무 걱정 없는 것처럼
아무 그리움도 없는 것처럼
아무 아픔도 없는 것처럼

가을이면 아픈 것들
가을만 되면 슬픈 것들
가을이기 때문에 더 외로운 것들
휘파람이라도 부를까 봐요

친구

어느 밤 그대 가는 길
밤새 걷다 묻은 이슬과 흙이
그대 걸음을 멈추진 못할 것이네

오늘 밤 그대 홀로 있는 곳
하늘에 별 하나 보이지 않겠지만
동녘 새벽은 어김없이 올 것임을

세월 흘러 한 줌 너털웃음으로
날려 버릴 일들 어디 한둘인가
역사는 그리 흘러왔고 또 흘러갈 뿐

내일이면 볼 수 있으려나
어여 나와 그 하얀 미소 기다리는
세상 사람들에게 환하게 웃어 줘야지……

한데 난 애써 담담하려 해도
아무리 애써 담담하려 해도
이 밤에서야 자꾸 헛헛한 눈물이 나네

너와 함께 걷던 바다가 보고 싶다

문득 바다가 그리운 것은
바다도 적시지 못하는 그리움 때문이지

하얀 모래로 쌓아
곧 허물어질 것 같은
그리움이라도
바다가 적시지 못한다면

평생
그리움으로 남아 있겠지

친구,

너와 함께 걷던
그 바다가 미치게 보고 싶다

코스모스야

눈부서

네가 그렇게 눈부신 줄 몰랐어
그저 해마다 가을 오면
바람 따라 왔다 가는 꽃인 줄 알았는데

그저 가을 햇살에
너 나 할 것 없이 뛰노는
들판의 꽃인 줄 알았는데

바람결에 속삭이듯 다가온 네게
눈부서 눈부서
홀딱 반한 나를 들키고 말았구나

코스모스야
오늘
헛헛한 하루가 다 가고 나서야
이토록 보고 싶구나

나무

하늘 벗 삼아 흐드러진
그대와 내 목소리

노래로 엮여 나오는
얕은 탄성

북한산 가을 낙엽

한때
그 붉던 단풍으로
북한산 자락을 누렸다

일 년을 기다렸고
백 년을 살아왔다

떨어진 낙엽은
그 아릿한 가을의 잔해

낙엽 뚫고 일어선 들풀은
겨울도 이겨 낼 생명의 경건함

오늘 그대가 밟은 숲길미다
이별을 맞이한 가을은

백 년을 살아온 힘으로
다시 천 년을 준비한다

새벽 노을

그때 새벽 노을을 보았다
새벽에도 노을이 있더이다
새벽에 낯선 노을

새벽은
어제 헤어진 해로부터 오는 것
새벽은
어제의 들숨이
오늘의 날숨으로 시작되는 시간

봄날에 잠들다
—쌍용자동차 노동자 故 임무창님의 영전에 바칩니다

더 이상 흘러내릴 눈물도 말라 버린
봄비 오는 날
죽어라 일했던 지난 세월
지랄 맞은 깊은 한숨
말라비틀어진 살림살이
달랑 4만 원
더는 견디기 어려워
발 딛기도 힘겨워
아들아 미안하구나
여보 미안하오

자본의 폭주는 우월한 웃음을 날리고
노동의 근육은 모질게도 버둥거리는
갈수록 퍽퍽한 길
고도성장 공갈상생에
내 목은 차오르고 메마르고
죽음은 항상 졸음처럼 시시때때 나를 노리고
아들아 용서해라
여보 고생했소

세상을 사랑했건만
불끈 쥔 주먹으로 노동가를 불렀건만
77일간의 파업 인간답게 살아 보자
머리띠로 심장을 묶어 봤지만
약속은 봄날 아지랑이
갈라터진 지갑에 면목 없구나
아들아, 굳건해라
여보, 내 곧 가리다

이 봄날
잠든 양 눈 감은 것이기를
그저 봄날에 취해 잠든 것이기를
살아갈 자들의 차오를 슬픔
애써 위로하려는 부질없는 기도들

너럭바위
―故 노무현 전 대통령에게 바칩니다

땅 밑으로 내려온 너럭바위
자기 등에 깊게 패인 골주름
'대통령 노무현'
이름 세 글자를 새겨
더 낮은 곳으로 내려온 너럭바위

천년만년
이 땅의 민주주의와 평화, 인권을
지켜 낼 큰 바위

이제는 누구도 밀어내지 못할
우리들 가슴에 낮게 누운 큰 바위
노무현

당신은
바위보다 더 장중하고
하늘보다 더 엄숙하며
바람보다 더 자유롭다

노란 리본마다 매듭진 눈물이
끝내 사람 사는 세상

희망을 버리지 못하는 오늘

그대가 자유로운 이곳
너럭바위에는 노란 바람이 분다
이 땅에 다시 바람이 분다

당신을 떠나보내기가 어렵다

어차피
가득 채우지 못할 것임을
비어 있는 것이 어찌 허물이리오

어차피
천년만년 살지 못할 것임을
먼저 떠나는 것이 어찌 아픔이리오

다만
살아남은 자들의 헛된 이기심일 뿐
비겁한 자들의 뒤늦은 한탄일 뿐

당신은
이 세상 약한 자들의 꿈이었고

당신은
이 세상 약한 자들의 웅변이었으며

당신은
이 세상 약한 자들의 영웅이었으니

당신을 이렇게
떠나보내기가 쉽지 않을 뿐

당신 없는 세상, 우리는
강자들의 탐욕과 욕정에
밤새 시달린 몸뚱이를 이끌고
다시 일상으로 돌아갈 것을
재촉받는 우리들은

그저
당신이 놓은 손을
이렇게 쉽게 놓지 못하고 있을 뿐

A4 & F4

A4,
항상 반듯한 자세
깔끔한 얼굴
스트레스 안 주고
잼JAM도 없는 자태는
텔레비전 광고에도 나올 정도
넘치는 노동의 욕구를
너에게 배설하면
넌 고맙게도 이면지로 보답

F4,
럭셔리한 라이프 스타일
잘생긴 외모
풍요의 정점에 선 이비지와 어머니
텔레비전 드라마에도 나올 정도
넘치는 탐욕의 배설물에
구겨진 F4
이면지로도 못쓰는 F4

결핍을 고하다

애써 채우려 마라
없는 건 없는 것
산속의 오솔길
빗속의 눈물
있는 듯 없는 것

시간은 태산처럼 다가오나
가까울수록 공허하고
채울 수 없는 갈증은
우리가 결핍의 시대에 살기 때문

노가리

오늘은 500CC 맥주와 함께
내 곁에 와 주었구나

500CC 중 300CC를
마실 때까지
내가 너의 그 맛을 다 알진 못하여도
그냥 오늘 내 곁에 있어 줘서 즐겁구나

입은 벌렸으되 할 말을 다 토해 낸 듯
더 이상 말은 없고
강직한 듯 곧게 뻗었지만
군더더기 살 하나 붙지 않은 정직한 몸매

고맙구니 고마워
지치고 힘든 오늘 하루
내 곁에 네가 있어 줘서 정말 고맙구나

변변한 다리 하나 없이 그 높은 곳까지 올랐던 너는
이제는 시궁창 냄새 진동하는 그곳을
네 발 달린 놈에게 내어주고

이렇게 낮은 곳으로 내려와
지친 사람들을 찾아다니며
이처럼 정겹게 구는구나

새벽 대한문

새벽 3시
다시 찾은 덕수궁 대한문 앞
수척해진 그의 얼굴엔
담배와 향의 연기가 번갈아 가며
평화로운 미소를 그려 냈다
흰 국화 한 송이는
누구의 손에 들려 그 앞에 놓여질지 모르는
자기의 운명을 안다는 듯이
어느 때보다 진한 국화 향을 지펴 대고 있었다

"이게 마지막이야."
"이게 마지막으로 당신에게 내가 찾아오는 기라구!"
"그리고 마지막으로 당신 앞에서, 당신 때문에 흘리는 눈물이라구."

그를 돌아서며 홀로 중얼거린다.
'그래야지 이젠…….'

접점接點의 고독 그 행간 읽기
—강희용 시집 『봄은 내게 겨울 외투를 권했다』 를 중심으로

고정국
(시인 · 전 민족문학작가회의 제주도지회장)

글이란 한 개인의 삶을 솔직한 마음가짐으로 돌아보고 극복하려는 의지의 기록이며 동시에 삶을 추구하는 열정의 표현이다. 한편 글은 그 시대 사람들의 아픔과 불행을 감당하는 정신의 척도이면서, 나아가 지향하는 꿈과 희망의 높이를 가늠하는 근거가 되기도 한다.

적어도 시를 쓰는 자들은 〈정의〉, 〈진실〉, 〈사랑〉 이 세 가지 묘비명을 가슴에 품고 산다. 이 세 가지 덕목이야말로 시인의 중심 개념이며 사물을 바라보고 평가하는 중심 척도인 셈이다. 러시아의 저항시인 네크라소프는 "슬픔도 분노도 없는 자는 이미 조국을 사랑하고 있지 않다."라고 했다. 그렇다면 필자는 여기에다 "슬픔도 분노도 없는 자는 이미 인간을 사랑하고 있지 않다."라고 한마디 더 붙이겠다.

노래가 울음의 한 형태라면 시는 또 무엇이란 말인가. 갑자기 강희용 시집 해설의 청탁을 받고 그 원론적 질문에 답변할 길을 먼저 찾아야 했다. 그리고 그가 우리 시단에 거의 거명이 되지 않았던 시인이었기에, 별수 없이 인터넷을 통해 살짝 뒷조사(?)를 했던 것. 그런데 이걸 어쩌랴, 세상에서 가장 슬픈 도시, 서울특별시의 시의회 의원이 아닌가. 작품 내용에 대한 왈가왈부를 떠나 현직 정치인이 시집을 낸다는 그 자체가 적어도 나로선 충격이었다. 거기에다『봄은 내게 겨울 외투를 권했다』라는 시집 제목부터가 사람의 발걸음을 멈춰 세운다. 현직 시의회 의원이 이런 제목의 시를 쓰다니. 서울에 이렇게 멋진 정치인이 있다니! 순간 아프리카 세네갈 초대 대통령 레오폴드 세다르 셍고르가 자기는 "정치인보다는 시인으로 기억되기를 바란다."는 말이 스쳐 지나갔다.

논어 위정편 제2장에 사무사思無邪라는 말이 자리한다. 사악함[邪]이 없으면 그게 곧 덕德이요, 간사한 마음이 없으면 사람을 편하게 한다. 사악함의 사邪는 개인의 사욕을 채우려는 사私에서 나온다. 그래서 공자는 정치하는 자 또는 정치하려는 자는 반드시 시경詩經 읽기를 권했던 것이다. 거기에는 시가 있고, 시를 쓰는 사람이든 정치하는 사람이든 그들은 결코 사악한 마음이 없어야 한다는 말이다. 그리고 여기, 현 정치인이 공자의 말을 뛰어넘어 직접 시를 쓰고 있다는 거다.

사시사철 겨울바람

울음이든 웃음이든 신음이든 감정의 원색적 발현엔 만국 발음부호 같은 일정 크기의 장단과 음색이 있다. 한 시인이 공인의 입장에서 꾹꾹 눌러 참다 그래도 참지 못해 쏟아지는 직설 직전의 울음 섞인 분노가 65편에 해당하는 그의 시 전편 밑바닥에 감지된다. 그의 시에는 사사시철 겨울바람이 분다. 아니 시집 전체적인 분위기는 그와 유사한 차갑고 습기 찬 바람이 분다.

요즘 날씨 우습게보지 마라
춘삼월에 눈발 날리는
대관령 노기를 알렸다

마찬가지 사람 우습게 여기지 마라
권력을 쥐었다고 세상 사람들
발밑에 둔 거라 착각 마라

돈 좀 만진다고
세상을 가랑이 밑에 깔고
날아다닐 수 있다 으스대지 마라

오월이 그냥 오월이더냐
유월이 맥없이 유월이더냐

사월이 괜히 잔인하더냐

세상 우습게보지 마라
거듭 말하지만
사람 우습게보지 마라

―「춘삼월에 눈발이라」 전문

　패도覇道 정치가 판을 치는 요 몇 년 사이 적어도 국민의 절
반은 바윗돌 비슷한 응어리 하나씩 가슴에 품고 산다. 그래서
시인은 말한다. ‘오월이 그냥 오월이더냐/유월이 맥없이 유월
이더냐/사월이 괜히 잔인하더냐//세상 우습게보지 마라’ 그
래서 이 시 첫머리에 ‘요즘 날씨 우습게보지 마라’로 운을 뗀
다. ‘날씨’는 곧 하늘의 얼굴이고 얼굴은 곧 그 마음이다. 하
늘의 마음 즉 천심天心을 함부로 보고 민심을 함부로 보지 말
라는 충고를 권력층에 던진다. 그리고 또 있다.

어느 봄날
가던 걸음을 멈추고
한참을 서 있었다

봄볕은 찬란했으나
그만큼 시렸으며
또 그만큼 서러웠다

벚꽃이 산발하던 그 봄날
다시 걸음을 내딛는 내게
봄은 겨울 외투를 권했다

봄은 그렇게 사라졌고
퇴물이 된 늙은 겨울만
망령처럼 떠돌기 시작했다

—「겨울 권하는 봄」 전문

봄은 따뜻해야 꽃도 피고 새들도 지저귄다. 그런데 이 시인은 봄에도 겨울 외투를 입는다. 아니 봄이 겨울 외투를 권하는, 그래서 시인의 가슴에는 삼월에도 북풍한설이 끊이질 않는다. 왜 '봄볕은 찬란했으나 그만큼 시리고 서러' 웠을까. '甲' 또는 '기득권'이라 일컬어지는 이 땅의 표층구조는 너무나 완고하다. 그래서 그들은 봄을 두려워하고 변화를 두려워하고 진보를 두려워한다.

닭에게는 미안한 이야기지만, 고서를 읽다 보면 소원小圓이라는 낱말과 만난다. 닭은 평생 동안 두 치 앞의 모이만을 쫓아다닌다. 그 닭의 눈과 모이와의 거리가 두 치 간격을 직경으로 하여 한 바퀴 돌려 그린 원의 크기가 바로 '소원'이고, 이것은 닭이 지니고 다니는 정신세계의 크기인 셈이다.

현실, 역사, 하늘 등 세상에는 세 개의 톱니바퀴가 있다. 특히 문학사에는 이 세 개의 톱니바퀴의 간격이 뚜렷하다. 닭이

지니고 다니는 '소원' 이라는 정신세계와 당장 북한이 쳐들어
온다는 공갈협박으로 국민을 우민화시키려는 보수 우익적 사
고는 정녕 이 '소원' 의 테두리에서 벗어나지 못한다.

  적어도 글을 쓴다는 사람들은 시대의 한계선, 인식의 한계
선에 분노하고 도전하는 정신이 수반되어야 한다. 그 정신이
강하면 강할수록 시대의 체감온도는 낮아질 수밖에 없다. 그
래서 시인은 계절적 봄과 시대적 봄의 간극에서 '겨울 외투'
를 입을 수밖에 없었던 것이다.

굽이치는가
굽이쳐 흐르는가

때론 얼음을 쩡쩡 깨며
쉼 없이 내달려 왔거늘

차마 못나 한 말
새벽 물안개 헤치며 스쳐 왔거늘

몸뚱이는 삭풍에 뒤척이고
하늘의 눈발조차 묵묵히 녹여내며 왔는데

깊게 흐를수록 숨은 고라지고
오래 흐를수록 맘은 가라앉고

이제는 건널 수 없는 강,

한강 그 깊은 겨울은 봄을 향해

오늘도

굽이치는가

굽이쳐 흐르는가

—「겨울 한강」 전문

여기에서 다시 시인의 절망을 만난다. ‘때론 얼음을 쩡쩡 깨며/쉼 없이 내달려 왔거늘//차마 못다 한 말/새벽 물안개 헤치며 스쳐 왔거늘’ 그렇지만 ‘이제는 건널 수 없는 강,/한강’ 이라는 시대 인식이 이 한 편의 작품에 녹아들어 있다.

接點 그리고 실향 이미지

어쩌면 이 시인의 고독은 그 어떤 접점에 있는 것 같다. 고향과 타향의 접점, 이별과 만남의 접점, 정치와 시인의 접점, 현실과 이상의 접점, 빵과 양심의 접점, 과거와 미래의 접점, 기대와 상실의 접점, 희망과 절망의 접점에 있는 것 같다. 아니 그 접점에서 별수 없이 살아가야 하는 소시민의 고독을 함께 체험하고 있다는 것을 거의 즉흥시로 썼음직한 시편들에서 만난다.

그래
이게 춘천의 겨울이지
낯선 도시에서 온 이방인도
어질하여 걸음 멈추는
겨울 풍광—

어릴 적 설익은 감성에
바위처럼 들어앉은 그곳
겨울 춘천—

깊게 흐르는 강은
쉽게 굽이지지 않지만
누구에게도 묻지 않고
스스로 길을 내어 달리지만

그 겨울 내내 내리던 눈을
알몸으로 받아 내어
누구라도 걸어가면
쪼르륵 길을 내어주는

가난한 겨울 어부의
살점 도려내는 낚시질에도
아무런 꾸지람 없이
기꺼이 자신을 내어주는

겨울 그곳, 춘천

―「겨울 그곳, 춘천」 전문

　오랜만에 찾은 고향이 차라리 낯선 도시로 변모해 버린 그 실향의 심정을 그려 내고 있다. 짐작컨대 그의 고향은 강원도 춘천일 것 같다. 물론 이 시에서는 서울과 춘천의 물리적 거리감을 말하고 있지 않다. 고향조차도 겨울로 다가오는 현대인들의 고향 이미지를 이곳에서 또 만난다.

　추석과 설날 등의 명절이면 적어도 3천만 이상의 귀성 행렬이 대이동을 시작한다. 고향에 눌러 사는 필자로서는 이때마다 나도 고향이 있으면 저처럼 고향 찾아 길을 나서고 싶어 견딜 수가 없다. 사람은 너나없이 고향 마을에 대한 애증을 갖기 마련이다. 그래서 고향은 무척이나 인간적인 하나의 인격체이다. 문학 또는 글쓰기가 자기의 재발견이라 한다면, 자기는 자연의 일부이고 그 자연의 일부가 고향인 셈이다. 그래서 고향 마을은 내 어버이며, 고향 언어는 내 정신의 어버이다. 그런데 그 포근한 고향의 품을 이 시인은 겨울로 인식하고 있다.

달래고 달래
산맥을 넘어서도
또다시 달려와 매달리는
질기고 질긴
인연의 탯줄

109

태백산맥

숨을 크게 들이쉬어야

마침내

눈 마주할 수 있는

거대한 숙명

—「태백산맥」 중에서

'강을 지켜 서 있는/새들의 노고가 새삼 새롭고…' (구례 가는 길), '겨울은 바람으로만/자기의 흔적을 내세울 뿐' (중문) '수명 다한 언어들이 빗물에 쓸려 나간 빈자리' (여름의 끝) '때론 얼음 깽깽 깨며/쉼 없이 내달려왔거늘' (겨울 한강) '강물이 흐르면 바다로 간다는데/시간은 흐르면 어디로 가는가' (시간의 침잠) 이처럼 몇몇 시구에서 자연과 국토의 접점에 서서 생각에 잠겨 있는 한 젊은이의 짧고 굵은 정신적 면모를 접할 수 있다. 그 뿐인가, 여기 나이 서른과 마흔의 접점에 부른 노래도 있다.

그 거칠던 스물 숲을 지나
서른 숲에 다다랐을 때

서른 숲 속의 세상은 밤마다
자기 갈 길을 놓고 부산을 떨었다

서른 숲 속에선
내가 걷는 걸음이 곧 길이 되었고
내가 걷는 한 세상도 굴러갔다

서른 숲을 지나
마혼 숲 앞에 다다랐을 때

함께 걸어왔던 그는 바삐 자기 길을 떠났고
난 망연한 심정으로 마혼 숲 앞에서
이렇게 서성이고만 있다

—「서른 숲을 지나」 전문

　‘서른 숲 속에선/내가 걷는 걸음이 곧 길이 되었고’ 그리고 ‘마혼 숲 앞에 다다랐을 때//함께 걸어왔던 그는 바삐 자기 길을 떠났고’ 라는 시를 만난다. 서른의 숲이 ‘이상’ 이라면 마혼이라는 나이는 피도 눈물도 없는 ‘현실’ 인 것이다. 시인은 그 이상과 현실 사이에서의 고독 더 나아가 기대의 고독과 상실의 고독 사이에서 서성이고 있는 것이다. 그런데 이러한 고독은 비단 강희용이라는 개인의 고독이 아닌 이 땅의 모든 사람들이 뼈저리게 체험하는 지극히 보편적인 고독을 대신 노래해 주고 있어서 좋다.

취침나팔인가 기상나팔인가

술 한 잔을 권한다

노란 맥주잔에 하얀 소주잔이
지랄 같은 하루를 권한다

나는 술을 마시지 않고
다만 잔을 마실 뿐이라며

술 한 잔은 두 잔이 되고
침 튀는 입심도 벌겋게 익어 간다

담배 한 대를 권한다

니코틴은 타르의 십분의 일
오늘 내가 일한 시간은 빈둥거린 시간의 십분의 일

지랄 같은 하루 연기처럼 잊고 싶어
허망한 담배 한 대 빼내 입에 문다

어디 지랄 같은 게 오늘 하루뿐이랴

—「지랄 같은 하루」 전문

병역 미필차가 아니라면, 나팔에 대한 기억이 남다를 것이다. 특히 훈련소에서의 나팔 즉 기상나팔과 취침나팔이다. 글 또는 시에 있어서도 이와 비슷하다. 한 편의 글 또는 시가 내 의식을 깨우는 기상나팔인가, 아니면 그냥 여성적 감성에 맞추어 사람의 의식을 몽롱하게 잠재우려는 취침나팔인가. 강 시인의 시는 어쩌면 후자인 척 가장한다. 그러나 중간 중간에서 만나는 그의 詩語들을 보자. 거침없이 '지랄 같은 하루' 그리고 맨 나중에 '지랄 같은 게 오늘 하루뿐이랴' 이를 확대하면 역시 지랄 같은 세상이고 '지랄 같은 세상' 이라야만 존재가 가능해지는 표층구조에 대한 저항의식의 비수가 숨겨져 있음을 알 수 있다.

자정 즈음 퇴근길

비 오는 장단에 누군가

술에 취해

아파트 엘리베이터를 탔나 보다

코끝을 푹 찌르고 달겨드는

술 냄새가 잠시 곤혹스럽다

얼굴도 이름도 모르는

같은 아파트 이웃 남정네의

삶의 무게가

빠르게 치솟는

엘리베이터 층수만큼이나

성큼성큼

내게 다가왔다

아이의 아빠로서

집안의 가장으로서

한 여자의 남편으로서

그가 오늘 감당했어야 할

삶의 고단함이

찡한 코끝 감동으로

머물다 간다

엘리베이터 문은 열리고

그 안에 나를 두고 내린다

—「엘리베이터, 그 남자」 전문

그의 시에는 술 이야기가 꽤나 잦다. 술 마시지 않고는 배겨 날 수 없는 세상, 그래서 오래전부터 우리 사회를 술 권하는 사회였다. 일상의 절반을 술에 젖어 있는 삶을 산다. 이 「엘리베이터, 그 남자」에 우리 초상이 고스란히 드러나고 있다. '그가 오늘 감당했어야 할/삶의 고단함이 … 엘리베이터 문은 열리고/그 안에 나를 두고 내린다' 한 많고 설움 많은 이 땅에서 저마다 감당해 내야 할 삶의 고단함이 있다. 그토록 술에 찌든 삶이지만 사랑하는 가족을 위해 시간 되면 집으로 들어가야 하는 이 나라 착하디착한 남자들. '엘리베이터 문은 열리고/그 안에 나를 두고 내린다' 엘리베이터 안에 혼자 남겨진 시인의 고독, 그것은 우리 모두의 고독이다. 그런데 어쩐 일인지 시는 끝났는데 마침표가 없다. 이러한 상황이 앞으로도 현재진행형으로 계속될 것이라는 또 하나의 절망적 표현으로 필자는 이해한다.

미루어 짐작컨대
윤중로에 벚꽃이 한창일 때

지난봄이
다리를 절며
그 길을 걸어갈 것 같다

붙잡지도 붙잡을 수도
그렇게 맴돌며
서성이는 채

봄날은 갈 것이다

—「윤중로 1」 전문

‘윤중로’는 국회의사당이 있는 여의도 벚꽃길이다. ‘미루어 짐작컨대’라는 이 조심스러운 첫마디가 사람을 불러 세운다. ‘봄’과 ‘벚꽃’과 ‘다리를 절며 그 길을 걸어가’리라는 시인의 정치적 예견이 어렵지 않게 나타나 있다. ‘붙잡지도 붙잡을 수도 없는’ 이 땅의 정치 현실을 체념 섞인 자조가 읽는 이를 우울하게 한다. 이 짧은 시에서 공감할 수 있는 최근 이 땅의 현실을……. 즉 있는 것처럼 없는 야당, 있는 것처럼 없는 언론, 있는 것처럼 없는 대학들의 기능 상실성의 현실을 두고 ‘다리를 절며’ 라는 우회적 진술이 고개를 끄덕이게 한다. 적어도 4 · 19를 거치면서 7, 80년대 민주화의 과정에서 탄압의 직격탄을 몸으로 막아섰던 그때의 대학, 언론, 야당은 도대체 다 어디로 갔단 말인가. 거기에다 야인과 시인조차 이 땅에서 그림자를 거둔 지 오래이다.

그냥 구색 갖추기 식의 정치 경제 사회 문화 교육 종교 등이 이미 제 본모습을 포기한 채 그냥 ‘먹고 살면 되리라’ 는 ‘Economic Animal’ 을 강요당하고 있는 요즘, 지식과 정보는 넘쳐나지만 ‘참된 지혜’ 는 찾아볼 수 없고, 목표는 도처에서 사람을 힘들게 하지만 ‘목적’ 이 없고, 경쟁과 생활은 있되 ‘삶’ 이 없는 시대에 우리가 산다.

정치 경제 교육 그리고 종교는 모름지기 생명을 바탕으로 존재한다. 그런데 하루 마흔이 넘는 이웃들이 스스로 목숨을 포기하는, OECD 국가 중 자살률이 가장 높은 나라가 된 까닭이 무엇일까. 우리가 사는 세상의 톱니바퀴는 생명은커녕 죽음을 향해 바삐 굴러가고 있다. 그래도 대다수의 지식인이나 시인들은 침묵하고 있다.

어떻게 건너가야 합니까?
물에 빠지지 않고
그대에게 건너갈 수 있는 길을
알려 주세요

아니, 차라리
나 하나쯤은
물에 빠져도 좋으니
부디 건너오라고만
손짓이라도 해 주세요

부디

—「부디」 전문

자칫 삼류 연애 시로 읽히기 쉬운 「부디」는 차라리 절규로 다가온다. '나 하나쯤은/물에 빠져도 좋으니' 라는 절망적 인식이다. 이러한 시대 인식임에도 불구하고 그는 '부디' 라는 간곡한 어조로 누군가가 이 절망적 시대의 강을 건널 수 있는 희망의 도항선을 갈구하고 있는 것이다. 이 작품을 대하면서 그는 정녕 대단한 짝사랑의 대상을 가슴에 품고 산다는 걸 알았다. 그의 짝사랑의 대상이 과연 무엇일까. 이 시대 깨어 있는 자들이 공통적으로 품고 사는 짝사랑의 대상이 과연 무엇이란 말인가. 그것을 유추해 내는 것은 이 시를 읽는 독자들의 몫이다.

세상이 하도 지랄 같아

내 마음도 지랄 같은지

오늘은 봄볕을 벗 삼아

멀리했던 술 한 잔 했수다

술 한 잔이 바람처럼 뱃속을 가르고

머릿속은 앙상한 추억들이

스멀스멀 기어 다니고

술 두 잔이 강물처럼 바다를 향해 달리고

바다는 그깟 술 두 잔에 취해

넘실넘실 인간의 운명을 넘보고

술에 취한 나는

바람과 바다의 오만과 장난에

더욱 혼미한 밤을 맞을 뿐

그저 뭐 안타까운 것도 아쉬운 것도 없이

봄볕이 좋아서 한 잔 마셨을 뿐

사실 다른 이유는 없수다

그저 이 허허로운 시절 술 한 잔 했수다

─「술 한 잔 했수다」 전문

‘인지유언 개본어심人之有言 皆本於心’ 이라는 말을 또 고서에서 읽는다. 즉 사람의 말은 모두 그 마음에 뿌리를 둔다는 의미이다. 수면 위로 드러난 빙산을 보고 그 밑에 가려져 있는 얼음의 크기를 유추해 내는 프로이트의 빙산이론 역시 이에 맞닿아 있다. 이처럼 한 개인의 언행은 그 사람 내면세계와 연결돼 있어서 한 줄기 문장에서조차 글쓴이의 정신을 헤아려 볼 수 있다. 적어도 仝人이라는 사람의 글에서 ‘세상이 하도 지랄 같아 술 한 잔 했수다’ 라고 표현이 거침없이 뿜어져 나온다는 사실!

‘봄볕이 좋아서 한 잔 마셨을 뿐/사실 다른 이유는 없수다’ ‘없수다’ 라는 종결어미는 ‘없습니다’ 의 반항아적인 표현이다. 이것은 ‘시대를 하도 지랄 같이’ 만들어 가는 기득권 즉 세상의 표층구조에 대한 취기 어린 언사임을 왜 모르랴. 술이 아니면 도저히 견뎌 낼 수 없는 소시민의 분노를 그가 쏟아 내고 있다.

하루에도 몇 번씩 헷갈리며
겨우겨우 서 있는데

수많은 노선 속에서
어디로 가야 할지
갈랑말랑하는데

이젠 힘든가 봐

내가 많이 지쳤나 봐

.

.

.

다음 버스,

무조건 탄다

—「버스 정류장」 전문

삶의 방향감각을 잃어버린 그리고 삶에 지쳐 버린 현대인의 초상이 이 시에서 여실히 드러나고 있다. 즉 목표는 있되, 목적이 사라져 버린 '어디로 가야 할지/갈까 말까' 하는 그리고 '…다음 버스에 무조건 올라타야' 목적 상실의 우리의 초상을 우울하다 못해 처참하기까지 하다.

퍼득거리던 심장이 이젠 기억도 나지 않는다
두근거리던 심장은 이제 화석처럼 굳어졌다

그런데……

절망스럽게도 난 기분이 나쁘지 않다

—「심장이 식었다」 중에서

민주화 투쟁 당시 펄펄 뛰던 심장이 어느새 멎어 굳어 버리고 세상이 막 가도 이젠 기분이 나쁘지 않다는 시인! 그러나 그 앞에 '절망스럽게'라는 역설적 전치사가 놓여 있다. 도저히 기성 정치인이 쓴 시라기엔 믿기지 않을 정도다. 이쯤 해서 또 한 줄 '잠시 쉬어 가도 좋을 것 같습니다/길은 처음이 어렵지요'(바람과 길) 강희용은 뜨끔뜨끔 도처에서 이처럼 사람을 놀라게 한다.

이 시집의 시들은 대부분 즉흥적으로 그때그때 쏟아 낸 단상들이라는 생각이 든다. 굳이 'Power Feeling(강력한 감정의 범람)'이라는 말을 빌리지 않더라도 도처에서 울컥거림이 감지된다. 세련미만을 추구하는 작금의 문학 현실에서 오히려 이 시집에 담긴 시들에게서 차라리 순수와 진실이 짙게 감지된다. 거기에다 이 시인은 요소요소에 비수 하나씩 숨겨 두는 수법을 쓴다. 그게 그만의 힘이며 그 정신의 표상이다. 그리고 그가 먼 훗날 정치를 마감하고 본격 문학 현장으로 돌아왔을 때의 우리가 그에게 바라는 기대치이기도 하다.

그리고 시대 쓰다듬기

이 시집의 말미에 쌍용자동차 노동자 고 임창무님의 영전에 바치는 시 〈봄날에 잠들다〉라는 시를 통해서 노동 현장의 아픔을 대신해 주고 있다. 그리고 노무현 전 대통령을 그리는 몇몇 시편들이 그때 미어졌던 가슴을 다시 쓸어내리게 한다. 그리고 헛헛한 마음의 친구들을 불러 앉혀 훌쩍이듯 말한다.

  어느 밤 그대 가는 길
  밤새 걷다 묻은 이슬과 흙이
  그대 걸음을 멈추진 못할 것이네

  오늘 밤 그대 홀로 있는 곳
  하늘에 별 하나 보이지 않겠지만
  동녘 새벽은 어김없이 올 것임을

  세월 흘러 한 줌 너털웃음으로
  날려 버릴 일들 어디 한둘인가
  역사는 그리 흘러왔고 또 흘러갈 뿐

  내일이면 볼 수 있으려나
  어여 나와 그 하얀 미소 기다리는
  세상 사람들에게 환하게 웃어 줘야지……

  한데 난 애써 담담하려 해도
  아무리 애써 담담하려 해도
  이 밤에서야 자꾸 헛헛한 눈물이 나네

─「친구」 전문

  시인은 동물이든 식물이든 생물이든 무생물이든 세상의 모든 것들에게 인격체를 부여하고 그와 대화하는 자들이다. 생맥주집 탁자에 올라온 노가리와의 대화에서 이 시인의 어진 심성을 헤아려 본다. '입은 벌렸으되 할 말을 다 토해 낸 듯//…변변한 다리 하나 없이//…이렇게 낮은 곳으로 내려와/지친 사람들을 찾아다니며' 는 이 시대의 안주 「노가리」를 예찬하는 저 서민적 세상 인식의 시인과 만나 밤새도록 마시고 싶어진다.

오늘은 500CC 맥주와 함께
내 곁에 와 주었구나

500CC 중 300CC를
마실 때까지
내가 너의 그 맛을 다 알진 못하여도
그냥 오늘 내 곁에 있어 줘서 즐겁구나

입은 벌렸으되 할 말을 다 토해 낸 듯
더 이상 말은 없고
강직한 듯 곧게 뻗었지만
군더더기 살 하나 붙지 않은 정직한 몸매

고맙구나 고마워
지치고 힘든 오늘 하루

내 곁에 네가 있어 줘서 정말 고맙구나

변변한 다리 하나 없이 그 높은 곳까지 올랐던 너는
이제는 시궁창 냄새 진동하는 그곳을
네 발 달린 놈에게 내어주고

이렇게 낮은 곳으로 내려와
지친 사람들을 찾아다니며
이처럼 정겹게 구는구나

―「노가리」 전문

진실과 정의는 예나 지금이나 외롭다. 그 외로움에 다가가려고 부단히 애쓰는 자가 시인이 아니던가. 특히 시인들은 권력 가까이에 있음을 부끄러워한다. 그래서 '시란 무엇인가?'에 대한 물음과 동시에 '시인이란 이 시대에 어떤 존재인가?'에 대한 심각한 물음 앞에 시 쓰는 사람으로서의 마음은 한시도 편할 날이 없다.

글을 쓴다는 것, 더구나 남이 쓴 작품에 대하여 가타부타 해설 따위를 쓴다는 것은 한 치의 치수로 한 자의 길이를 가늠하려는 것과 같다. 더구나 이곳 정치적인 낙도 제주에서 손바닥 크기의 밭뙈기나 가꾸는 시골 아저씨가 감히 이 나라 수도 서울의 시의회 의원의 쓴 시에 가타부타 토를 달다니 당치도 않다. 더구나 나는 한 시인의 작품에 해설을 쓸 만한 입장에 있지도 않고 그럴 능력도 사실상 없다. 그래서 굳이 작품 해설이라기보다 단순히 독후감 차원에서 썼다는 것을 독자들께 고백한다.

이 글을 쓰기 위해 시를 몇 차례 읽었다. 아니 시를 읽었다기보다 행간을 읽었다고 해야 맞다. 그의 시 행간엔 이 시대 젊은 정신이 하고자 한 모든 언어가 숨겨져 있다. 그래서 이처럼 멋쟁이 시인을 시의회 의원으로 뽑은 서울 동작구 주민은 물론 서울시민이 갑자기 부럽다는 생각을 했다.

정치하는 사람의 필독서인 논어論語쯤은 강희용 시인은 읽고도 남았으리라. 공자는 여기에서 배우고 공부하는 것과 더불어 반드시 생각해야 한다는 점을 강조한다. 이 땅에 학행일치가 이루어지지 않는 까닭이 무엇일까. 배우고 공부하는 것은 오로지 시험 보기 위한 것 그리고 저 자신 몸보신을 위한 것이지, 그 '앎'을 이웃을 위해 실천하려는 목적 개념[思, 省察]은 당초부터 없었기 때문이다. 그래서 배운 자들, 가진 자들, 힘 있는 자들이 그 지식과 돈과 권력의 진정한 가치와 용처를 모른다. 그래서 요즘 사회에 가장 수명이 짧은 단어가 '인기'와 '유행'과 '권력'이라는 것도 애써 외면하려 든다. 그리고 "사람은 미쳐서 살다가 깨어나서 죽는다."는 세르반테스의

금쪽같은 한마디도 못 들은 척한다. 이참에 "나는 정치인이기보다 시인으로 기억되길 바란다."는 생고르 세네갈 대통령의 말이 우리 강희용 시인의 글을 통해서도 읽을 수 있었으면 좋겠다.

　내 작품에 대한 자부심보다 부끄러움이 많아진다는 공통된 체험담을 선배 시인 작가들을 통해서 듣는다. 한 권의 저서는 생의 한 매듭 또는 사다리나 징검돌과 같다. 이 여름 가까운 숲에 들어 아래를 찬찬히 보라. 어느 파충류가 벗어 놓은 흰 껍질을 볼 수 있을 것이다. 껍질을 벗어야 생명을 얻는다는 것을 뱀에게서 배운다. 시집을 내고 나이 한 살을 더 먹는다는 것은 껍질을 한 번 더 벗는 것이며 그만큼 새로워지는 것을 의미한다. 바로 살아 있는 정신의 모습이다. 이 첫 시집이 더 한층 자아 성찰의 계기가 됐으면 하는 것이 강 시인에 대한 필자의 조심스러운 주문이다.

　"곧은 것을 들어 굽은 것 위에 두면 백성이 따르고, 굽은 것을 들어 곧은 것 위에 두면 백성이 따르지 않는다."라는 논어 위정편 제19장을 다시 뒤적여 본다. 이 말은 정치에만 국한된 것이 아니고 문학 정신에도 해당된다. 외롭지만 〈정의〉, 〈진실〉, 〈사랑〉의 정신이 담겨 있는 글은 독자들 시선이 오래 머물고, 기교나 인기 또는 손익에 연연하는 글은 독자들은 빨리 등을 돌린다. 정치도 이와 같을 것이다.

　강희용 시인의 첫 시집『봄은 내게 겨울 외투를 권했다』의 상재를 축하하며, 세상에서 제일 크고 아름다운 마음의 꽃다발을 전한다.